胖胖嬙嬙
羅拉
大白哥哥
刺刺大哥
白翁玉媽媽
阿柱堂哥
古羅菲利爸爸
小菲

IREAD
抱抱我

文　　圖　西蒙娜．希洛羅
譯　　者　黃筱茵
責任編輯　郭心蘭
美術編輯　黃顯喬

發 行 人　劉振強
出 版 者　三民書局股份有限公司
地　　址　臺北市復興北路 386 號 (復北門市)
　　　　　臺北市重慶南路一段 61 號 (重南門市)
電　　話　(02)25006600
網　　址　三民網路書店 https://www.sanmin.com.tw

出版日期　初版一刷 2016 年 1 月
　　　　　初版三刷 2020 年 7 月
書籍編號　S858091
I S B N　978-957-14-6094-9

獻給潘和馬丁
是你們幫助我不斷前進

西蒙娜・希洛羅／文圖
黃筱茵／譯

三民書局

小菲來自一個古老又大名鼎鼎的家族。
這個家族的成員喜歡讓自己看起來漂漂亮亮，
而且永遠舉止合宜。

他的家族成員總是把所有事劃分得清清楚楚，
認為誰也不該侵犯誰的地盤。

長輩們教小菲乖乖站好，

讓大家欣賞。

他們說將來有一天，
他也會長得跟大家一樣高。

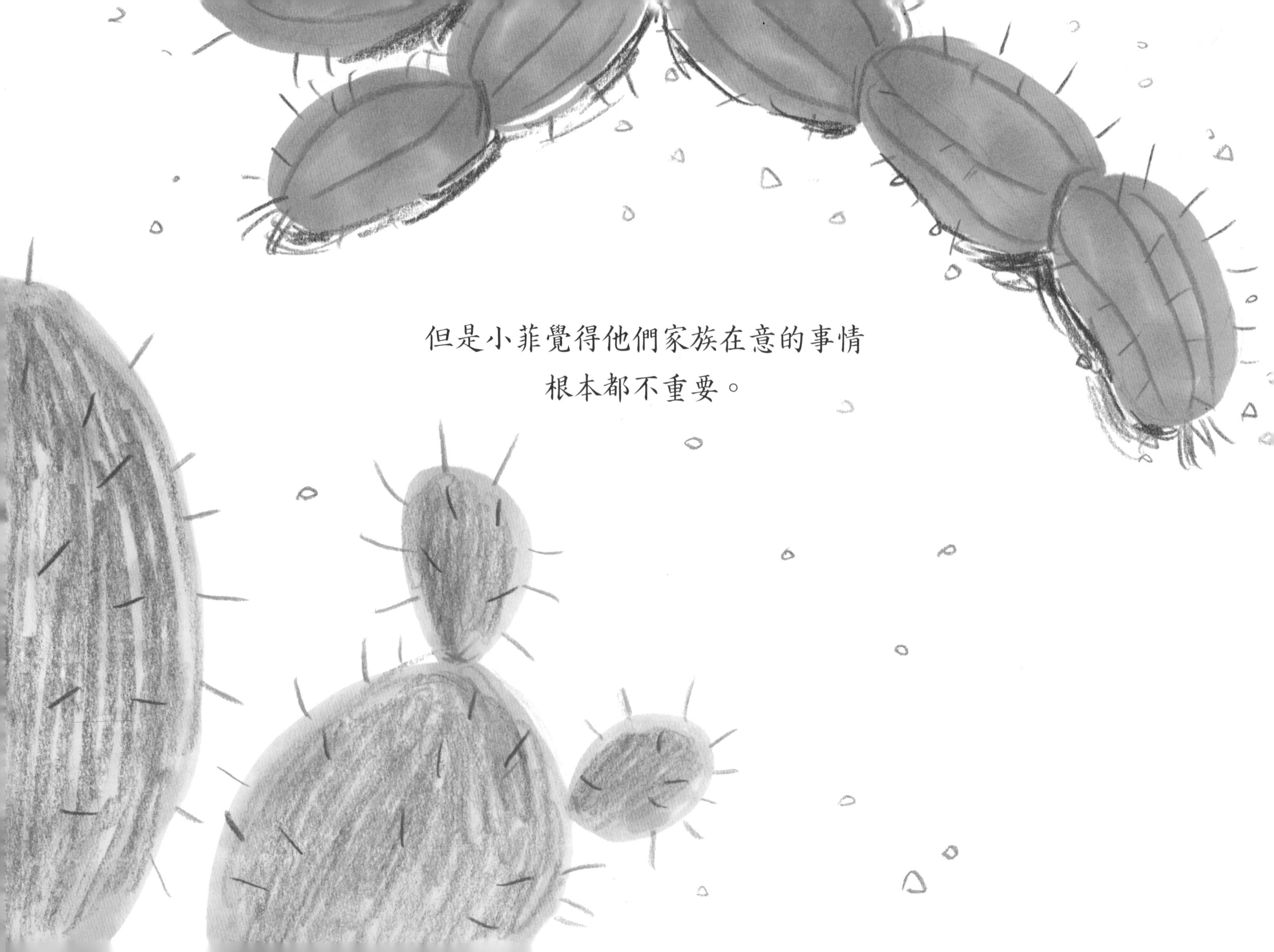

但是小菲覺得他們家族在意的事情
根本都不重要。

他們都沒注意到……他想要的只不過是一個抱抱。

當然，他知道他們的家族成員
並不是那麼柔軟感性，

所以他很希望有誰……

會翩翩來到，
給他一個抱抱，

可是從來沒有誰這麼做。

有一天，小菲認識了一位新朋友。

他大膽又有自信，

卻是個大麻煩。

然而小菲看不出來，

於是他們愈靠愈近、愈靠愈近，

直到某一天

災難爆發……

大家都指責小菲，
他感覺糟透了。

沒有任何家族成員想到應該要給他一個抱抱。

很顯然，
他根本不屬於那裡。

於是，
小菲希望可以找到一個新家，

但不論他走到哪裡，
都不受歡迎。

所以他只好學著享受獨處的時光，
告訴自己別人的陪伴一點都不重要。

擅闖者
必刺無疑
嗚～嗚～嗚～嗚～

這段期間，
小菲覺得好孤單。

但他不曉得的是……

還有其他人跟他一樣孤單。

直到……

嗚~嗚~嗚~

小菲知道該怎麼做了。

清秀
佳人

永遠的死黨
拉拉和小菲